VENTE APRÈS DÉCÈS

Des 23, 24 et 25 Avril 1903

HÔTEL DROUOT, SALLES Nos 10 ET 11

à 2 heures et demie

ATELIER

DE

A. PLASSAN

COMMISSAIRE-PRISEUR

Me LÉON TUAL

56, rue de la Victoire

EXPERTS

MM. J. CHAINE et SIMONSON

19, rue Caumartin

PARIS — 1903

CATALOGUE

DES

TABLEAUX

FIGURES & PAYSAGES

PAR

A. PLASSAN

ET DES

TABLEAUX ANCIENS, GRAVURES DES XVIIe ET XVIIIe SIÈCLES

FAIENCES, PORCELAINES, VERRERIE, BRONZES, FERS

OBJETS DE VITRINE, ARGENTERIE, DENTELLES, ÉTOFFES

CUIRS ANCIENS, TAPIS D'ORIENT

BOIS SCULPTÉS, MEUBLES ANCIENS

GARNISSANT SON ATELIER

DONT LA VENTE AURA LIEU, PAR SUITE DE SON DÉCÈS

A PARIS, HOTEL DROUOT

1° SALLES Nos **10** et **11**

Le Jeudi 23 Avril 1903, à deux heures et demie

2° SALLE No **11**

Les Vendredi 24 et Samedi 25 Avril 1903

à deux heures et demie

COMMISSAIRE-PRISEUR	EXPERTS
Me LÉON TUAL	**MM. J. CHAINE et SIMONSON**
56, rue de la Victoire	19, rue de Caumartin

Chez lesquels on trouve le Catalogue

EXPOSITION PUBLIQUE

Le Mercredi 22 Avril 1903, de 1 h. 1/2 à 5 h. 1/2

HOTEL DROUOT, SALLES Nos **10** et **11**

CONDITIONS DE LA VENTE

La vente sera faite au comptant.

Les acquéreurs paieront *dix pour cent* en sus des prix d'adjudication.

L'exposition mettant le public à même de se rendre compte de l'état et de la nature des objets, aucune réclamation ne sera admise une fois l'adjudication prononcée.

Paris. — Imprimerie de l'Art, E. MOREAU ET Cie, 41, rue de la Victoire.

ANTOINE ÉMILE PLASSAN

ARTISTE-PEINTRE

Chevalier de la Légion d'Honneur

1817 - 1903

DISCOURS

PRONONCÉ AU PÈRE-LACHAISE

sur la Tombe de Antoine-Émile PLASSAN

le 5 Février 1903

PAR

M. W. BOUGUEREAU

MEMBRE DE L'INSTITUT

COMMANDEUR DE LA LÉGION D'HONNEUR

PRÉSIDENT DE L'ASSOCIATION DES

ARTISTES PEINTRES, ARCHITECTES, GRAVEURS ET DESSINATEURS

Messieurs,

Au nom de l'Association des Artistes, fondée par le baron Taylor, je viens dire un suprême adieu à l'un des plus anciens et des plus dévoués de nos collègues.

A l'hommage que nous rendons au talent d'un artiste distingué se joint l'expression de notre profonde affection pour l'homme de bien qui, après avoir beaucoup contribué à soulager les peines de ses confrères infortunés, a supporté, avec une résignation sublime, le malheur qui est venu assombrir les dernières années de son existence.

Travailler avec acharnement pour apprendre son art, produire des tableaux remarquables, goûter les joies du succès, acquérir la fortune, s'attirer les honneurs, puis, subitement, dans la force de l'âge, devenir aveugle ! Quoi de plus triste ! Pourtant, quoi de plus admirable que la sérénité d'une âme qui, malgré la douleur occasionnée par un coup si terrible, demeure toujours bonne, serviable, bienfaisante !

Antoine-Émile Plassan, né à Bordeaux en 1817, est venu à Paris à l'âge de dix-huit ans. Afin d'étudier les procédés techniques de la peinture et de pourvoir aux nécessités de l'existence, il copia d'abord, dans nos musées, les tableaux des maîtres dont le génie répondait à ses aspirations; puis, renonçant à ce travail d'imitation, il composa des œuvres originales. Bientôt, il se montra un peintre observateur, gracieux et personnel.

La nomenclature de ses sujets, si sympathiques, révèle le secret de sa popularité en France et à l'Étranger. La *Lecture*, la *Jeune fille endormie*, le *Déjeuner*, le *Vieux célibataire*, la *Visite du médecin*, le *Jour des Rameaux*, le *Départ pour le Baptême*, la *Prière du Matin*, acquis au Salon 1862 par S. M. la reine Victoria, le *Bourgeois Gentilhomme*, acquis au Salon 1863 par S. M. Napoléon III, et tant d'autres se suivirent au Salon, depuis 1852 jusqu'à 1887.

De sérieuses qualités de dessin, de couleurs et d'arrangements, rehaussèrent la réputation de Plassan. Il reçut de nombreuses récompenses, et, enfin, en 1859, il obtint la croix de chevalier de la Légion d'honneur.

Hélas ! une application excessive, nécessitée par l'extrême finesse de son exécution, altérèrent gravement la vue de cet artiste si consciencieux. Successivement, et à peu d'intervalle, ses yeux furent atteints. Le peintre, amoureux de son art, épris de la lumière, de l'harmonie des couleurs, de tout ce qui est beau sous le ciel, fut frappé, dans la maturité de son talent, d'une cécité complète, incurable. Ce qu'il a souffert alors, lui seul l'a su.

Notre Association doit à Plassan une dette de reconnaissance. Son inscription parmi nous date de 1851. Il était devenu le plus ancien membre de notre comité. Il faisait partie de notre commission des secours et de la commission des ventes de bienfaisance. Son nom est inscrit à notre tableau d'honneur.

Cher et éminent collègue, ton souvenir restera parmi nous comme un exemple à suivre.

Puisses-tu te réveiller des ténèbres qui enveloppèrent ta vieillesse ! Puisse pour toi se réaliser le rêve de l'Apocalypse : Dans la demeure céleste, il n'y aura plus de nuit !

DÉSIGNATION

TABLEAUX

1 — *Le Bain.*

Bois. Haut., 90 cent.; larg., 74 cent.

2 — *Hommage à la Vierge.*

Toile. Haut., 79 cent.; larg., 55 cent.

3 — *Portrait de Jeune fille en costume Louis XIII.*

Toile. Haut., 00 cent.; larg., 00 cent.

4 — *Jeune Femme assise sur un divan.*

Bois. Haut., 42 cent. 1/2 ; larg., 32 cent.

5 — *Le Repos.*

Toile. Haut., 38 cent.; larg., 46 cent.

6 — *Jeune Femme nue assise sur un lit.*

Bois. Haut., 31 cent.; larg., 41 cent.

7 — *La Cigale.*

Bois. Haut., 30 cent.; larg., 24 cent.

8 — *Le Lever.*

Bois. Haut., 20 cent.; larg., 24 cent.

9 — *La Tasse cassée.*

Bois. Haut., 24 cent. 1/2; larg., 19 cent.

10 — *La Leçon de Lecture.*

Bois. Haut., 24 cent. 1/2; larg., 19 cent.

11 — *Le Bain.*

Bois. Haut., 24 cent. 1/2; larg., 21 cent.

12 — *Jeune Femme décolletée et coiffée d'un petit bonnet.*

Toile. Haut., 32 cent.; larg., 24 cent.

13 — *Jeune Femme nue devant une psyché.*

Bois. Haut., 41 cent.; larg., 25 cent. 1/2.

14 — *Le Repos du Modèle.*

Bois. Haut., 21 cent. 1/2; larg., 16 cent. 1/2.

15 — *Profil perdu.*

Toile. Haut., 32 cent.; larg., 24 cent.

16 — *Au Coin du feu.*

Bois. Haut., 32 cent. 1/2; larg., 24 cent.

17 — *L'Heureuse Mère.*

Bois. Haut., 14 cent.; larg., 11 cent. 1/2.

18 — *Jeune Femme relevant ses cheveux.*

Bois. Haut., 22 cent.; larg., 16 cent. 1/2.

19 — *La Cigale.*

Toile ovale. Haut., 78 cent.; larg., 75 cent.

20 — *Le Jour des Rameaux.*

Bois. Haut., 15 cent.; larg., 10 cent.

21 — *Portrait de Femme.*

Toile. Haut., 32 cent.; larg., 24 cent.

22 — *Blonde Fillette.*

Haut., 24 cent.; larg., 32 cent.

23 — *Le Bain.*

Bois. Haut., 8 cent.; larg., 7 cent. 1/2.

24 — *Jeune Femme à la harpe.*

Bois. Haut., 13 cent.; larg., 10 cent. 1/2.

24 *bis* — *Le Lever.*

Bois. Haut., 6 cent; larg., 7 cent.

ESQUISSES

25 — *Jeune Blonde.*

Toile. Haut., 27 cent.; larg., 21 cent. 1/2.

26 — *Tête de Femme.*

Bois. Haut., 25 cent.; larg., 20 cent.

27 — *Jeune Fille assise.*

Bois. Haut., 14 cent.; larg., 10 cent.

28 — *Projet de décoration.*

Toile ovale. Haut., 62 cent.; larg., 42 cent.

29 — *Soubrette.*

Bois. Haut., 9 cent.; larg., 7 cent.

30 — *Jeune Femme, vue de dos.*

Bois. Haut., 27 cent.; larg., 21 cent.

31 — *Portrait.*

Bois. Haut., 35 cent.; larg., 27 cent.

32 — *La Lecture.*

Bois. Haut., 33 cent.; larg., 24 cent. 1/2.

33 — *Étude de nu.*

Bois. Haut., 32 cent. 1/2; larg., 24 cent. 1/2.

34 — *Projet de décoration.*

Bois. Haut., 18 cent. 1/2; larg., 14 cent.

35 — *Étude de nu.*

Bois. Haut., 12 cent. 1/2; larg., 7 cent.

36 — *Tête de Femme.*

Toile. Haut., 32 cent. 1/2; larg., 24 cent. 1/2.

37 — *Projet de décoration.*

Toile ovale. Haut., 78 cent.; larg., 75 cent.

38 — *Femme nue endormie.*

Toile. Haut., 15 cent.; larg., 18 cent. 1/2.

39 — *La Lecture de la lettre.*

Bois. Haut., 19 cent.; larg., 14 cent.

40 — *Baigneuse sous bois.*

Toile. Haut., 32 cent. 1/2; larg., 24 cent.

41 — *Jeune Fille en costume Louis XIII.*

Bois. Haut., 23 cent. 1/2; larg., 19 cent.

42 — *La Couture.*

Bois. Haut., 16 cent. 1/2; larg., 12 cent. 1/2.

43 — *Jeune Femme en jupe bleue.*

Bois. Haut., 21 cent. 1/2; larg., 16 cent.

44 — *Étude.*

Toile. Haut., 22 cent.; larg., 16 cent.

45 — *L'Heureuse Mère.*

Bois. Haut., 27 cent. 1/2; larg., 21 cent. 1/2.

46 — *Étude de nu.*

Bois. Haut., 32 cent. 1/2; larg., 24 cent.

47 — *Femme assise.*

Toile. Haut., 32 cent. 1/2; larg., 24 cent.

48 — *Tête d'étude.*

Toile. Haut., 32 cent. 1/2; larg., 24 cent. 1/2.

49 — *Le Lever.*

Toile. Haut., 19 cent.; larg., 15 cent. 1/2.

50 — *Personnage en costume Louis XIII.*

Bois. Haut., 21 cent.; larg., 17 cent. 1/2.

51 — *Bébé.*

Bois. Haut., 12 cent. 1/2; larg., 10 cent.

52 — *Portrait.*

Toile. Haut., 32 cent.; larg., 24 cent.

53 — *Femme au voile.*

Toile. Haut., 25 cent.; larg., 24 cent. 1/2.

54 — *Tête d'étude.*

Toile. Haut., 32 cent.; larg., 24 cent.

55 — *Le Saut du lit.*

Toile. Haut., 27 cent.; larg., 21 cent. 1/2.

56 — *Jeune Femme jouant avec un chat.*

Bois. Haut., 46 cent.; larg., 38 cent.

57 — *Le Coucher.*

Toile. Haut., 66 cent.; larg., 50 cent.

58 — *Étude pour le Bain.*

Toile. Haut., 46 cent.; larg., 38 cent. 1/2.

59 — *La Soubrette.*

Bois. Haut., 46 cent.; larg., 55 cent.

60 — *Jeune Garçon.*

Bois. Haut., 16 cent.; larg., 11 cent.

61 — *Portrait d'Homme.*

Bois. Haut., 18 cent.; larg., 8 cent.

61 *bis* — *Jeune Femme se coiffant.*

Bois. Haut., 10 cent.; larg., 7 cent.

PAYSAGES

62 — *Vue du Clocher d'Auvers-sur-Oise.*

Bois. Haut., 18 cent.; larg., 27 cent.

63 — *La Vieille Route à Auvers.*

Bois. Haut., 20 cent. 1/2; larg., 33 cent.

64 — *Côteaux de Châtillon.*

Bois. Haut., 21 cent. 1/2; larg., 33 cent.

65 — *A Champigny.*

Bois. Haut., 14 cent.; larg., 24 cent.

66 — *A Nogent-sur-Marne.*

Bois. Haut., 21 cent. 1/2; larg., 33 cent.

67 — *Les Moulineaux.*

Bois. Haut., 21 cent. 1/2; larg., 33 cent.

68 — *Les Bords de l'Oise à Auvers.*

Bois. Haut., 14 cent. 1/2; larg., 24 cent.

69 — *Vieilles Chaumières à Chaponval-sur-Oise.*

Bois. Haut., 24 cent.; larg., 32 cent. 1/2.

70 — *A Auvers-sur-Oise.*

Bois. Haut., 24 cent. ; larg., 37 cent.

71 — *La Sarthe aux environs de Sablé.*

Bois. Haut., 21 cent.; larg., 33 cent.

72 — *Terrains vagues.*

Bois. Haut., 21 cent.; larg., 33 cent.

73 — *A Nogent-sur-Marne.*

Bois. Haut., 21 cent.; larg., 33 cent.

74 — *Environs de Nogent-sur-Marne.*

Bois. Haut., 17 cent.; larg., 29 cent.

75 — *Au Perreux-sur-Marne.*

Carton. Haut., 21 cent.; larg., 32 cent. 1/2.

76 — *Ancienne manufacture de Sèvres.*

Bois. Haut., 14 cent.; larg., 24 cent.

77 — *Au Bas-Meudon.*

Esquisse.

78 — *Bords de rivière.*

Esquisse.

79 — *Fontaine sous bois.*

Esquisse.

80 — *Paysage.*

Esquisse.

81 — *Route d'Auvers, à Pontoise.*

Bois. Haut., 18 cent.; larg., 27 cent. 1/2.

82 — *Coteaux de Saint-Cloud.*

Toile. Haut., 9 cent.; larg., 33 cent.

83 — *Les Moulineaux.*

Esquisse.

Toile. Haut., 12 cent. 1/2; larg., 35 cent.

84 — *A Malescot, près Ponthierry.*

Haut., 21 cent.; larg., 15 cent.

85 — *Bords de la Seine, près Melun.*

Esquisse.

Bois. Haut., 9 cent.; larg., 15 cent.

86 — *La Route à Acquigny (Eure).*

Bois. Haut., 14 cent.; larg., 24 cent.

87 — *Paysage.*

Esquisse.

88 — *Bords de rivière.*

Esquisse.

89 — *Nature morte : Meubles et Bibelots.*

Toile. Haut., 40 cent.; larg., 32 cent.

Un coin de l'atelier de Plassan

TABLEAUX

PAR DIVERS

ANASTASI

90 — *Hangar et outils de jardinage.*
Dessin rehaussé.

CHANDELIER

91 — *Marine.*
Aquarelle.

COUDERC

92 — *Nature morte, meuble et faïences.*

FAUVELET

93 — *Nature morte : Canard, Lièvre, etc.*

GUÉRIN

94 — *Pêches et fruits.*

95 — *Gigot.*

CAQUÉ

96 — *La Maison blanche ; près Melun.*

INCONNU

97 — *Copie, d'après Terburg.*

TABLEAUX ANCIENS

ÉCOLE ESPAGNOLE

98 — *Nature morte : Fruits, Fleurs.*

99 — *Évêque visitant des pestiférés.*

ÉCOLE FLAMANDE

100 — *Jeune Garçon tenant un verre.*

ÉCOLE FRANÇAISE

101 — *Portrait d'Homme XVIIe siècle.*

102 — *Rendez-vous de chasse.*

103 — *Dessus de porte en grisaille.*
Groupe d'enfants attribué à Sauvage.

INCONNUS

104 — *Les Pèlerins d'Emmaüs.*
Copie d'après Jouvenet.

105 — *Le Festin de Baltazar.*

106 — *Scène de l'Enfer.*

VAN DER MEULEN

107 — *Étude de Chevaux.*

GRAVURES

---

108 — *Portrait d'Homme.*
Gravé par Vischer, 1657.

109 — Della-Bella. *La Perspective du Pont-Neuf de Paris.*

110 — *L'Instruction paternelle.*
D'après Terburg, gravé par Wille, 1765.

111 — *Le Repas italien.*
D'après Lancret, gravé par Lebas.

112 — *Les Hauteurs de Suresnes*, belle épreuve avant la lettre.
D'après le tableau de Troyon.
(*De la collection Thomy Thiery.*)

113 — Lot de gravures, par A. Bosse. (Sera divisé.)

114 — Lot de gravures du XVIIIe siècle. (Sera divisé.)

115 — Lot de gravures de diverses époques. (Sera divisé.)

PORCELAINES ET FAIENCES

116 — Deux aiguières à couvercle, à panse côtelée avec anse formée de branches entrelacées.

117 — Vase en porcelaine du Japon.

118 — Deux vases de pharmacie en faïence italienne.

119 — Deux vases à couvercles en faïence italienne.

120 — Soupière en faïence blanche. Époque Louis XV.

121 — Deux plats en faïence de Delft; décor bleu.

122 — Soupière et son plateau en terre de pipe. Époque Louis XVI.

123 — Hanap en faïence de Rouen, décor bleu.

124 — Grand plat en terre de pipe.

125 — Trois plats ronds à bords contournés, à décor de bouquets. Marseille.

126 — Petit sucrier en faïence de Venise.

127 — Deux pots à crème, à couvercles.

128 — Deux potiches en porcelaine du Japon.

129 — Lot d'assiettes en porcelaine du Japon. (Sera divisé.)

130 — Lot de tasses en porcelaine de la Chine et du Japon. (Sera divisé.)

131 — Lot de verrerie de Bohême et de Venise. (Sera divisé.)

132 — Lot de faïences et porcelaines, non cataloguées. (Sera divisé.)

133 — Petit lustre en verre de Venise.

134 — Petite lanterne en verre gravé. Époque Louis XVI.

ARGENTERIE

135 — Petite cafetière en argent reposant sur trois pieds de forme arrondie à la base, avec couvercle et bouchon mobile, manche en bois tourné. Époque Louis XVI.

136 — Petite cafetière en argent à manche en bois tourné. Époque Louis XVI.

137 — Chocolatière en argent, avec anse et couvercle à pans coupés. Époque Louis XVI.

138 — Légumier avec son plateau, en argent, anses formées de dauphins; bouton du couvercle formé de guirlande de fruits.

139 — Petit plat rond et creux en argent. Époque Louis XVI.

140 — Petite casserole en argent avec son couvercle surmonté d'un bouton fait de roses ciselées, manche en bois tourné. Époque Louis XVI.

141 — Légumier en argent avec son plateau, anses formées de branches et feuillages, couvercle surmonté d'un bouton en forme d'artichaut, reposant sur des feuillages ciselés. Époque Louis XVI.

142 — Couteau à lame d'argent, manche nacre.

143 — Théière en argent.

144 — Salière en argent.

145 — Douze couteaux à lames d'acier, manches en bois noir, monture en argent. Époque Louis XVI.

146 — Un couteau à beurre en argent, manche bois noir.

147 — Deux cuillers à sel, une cuiller pilon, une fourchette à huîtres, une passoire à thé.

148 — Truelle à poisson en argent, manche d'ivoire.

149 — Cuiller en argent, travail hollandais.

150 — Cuiller à sucre en poudre ; trois couverts ; six couverts d'entremets.

OBJETS DE VITRINE

151 — Tabatière en or, fine ciselure. Époque Louix XVI.

152 — Bonbonnière en or, sur fond d'émail vert. Époque Louis XVI.

153 — Petite miniature montée en bague. Époque Louis XVI.

154 — Boucle en or à fermoir, encadrant un portrait d'homme ; miniature. Époque Louis XVI.

155 — Boucle en or, formée par un serpent.

156 — Chaîne longue en or.

157 — Petit étui à aiguilles en bois, monté en or ciselé et émaillé. Époque Louis XVI.

158 — Petit nécessaire de poche en galuchat, contenant un cure-oreille, cure-dents et porte-mine en or émaillé.

159 — Épingle de cravate surmontée d'une tête de zouave en améthyste.

160 — Un petit cachet.

161 — Grosse montre en cuivre ciselé et doré. Époque Louis XIII.

162 — Couteau à lame d'argent doré et manche en nacre. Époque Louis XVI.

163 — Deux graines exotiques sculptées et montées en or.

BRONZES, OBJETS VARIÉS

164 — Grand et beau coffre en cuivre repoussé et ciselé ; sur les faces et sur le couvercle, des sujets tirés de l'Ancien Testament; sur les côtés, des mascarons et poignées. Le coffre repose sur six boules de cuivre; à l'intérieur, très belle serrure et ferrures gravées et damasquinées. Daté en relief sur le couvercle 1680. Travail allemand.

165 — Coffre en bois recouvert de cuir et garni de clous et de cornière en cuivre.

166 — Petite pendule en marbre blanc, le cadran entouré d'une couronne de chêne et de laurier en bronze ciselé repose sur un plateau en marbre supporté par des balustres en bronze reliés par des guirlandes de fleurs. Époque Louis XVI.

167 — Applique en cuivre repoussé.

168 — Groupe en bronze : biche et son faon : *Mène.*

169 — Petit bronze japonais, représentant un canard.

170 — Boîte à couvercle en ivoire montée sur un pied sculpté, travail chinois.

171 — Coupe en porcelaine de Chine, monture en bronze doré.

172 — Christ en ivoire dans un cadre en bois sculpté. Époque Louis XIII.

173 — Deux flambeaux en bronze. Époque de l'Empire.

174 — Statuette en bronze : Moïse. *Maison Barbedienne.*

175 — Paire de flambeaux. Époque Louis XV.

176 — Petit poêlon en bronze, monté sur trois pieds et manche en bois.

177 — Deux miroirs appliques, de forme oblongue, avec sujets réservés dans le tain. Époque Louis XIV.

178 — Paire d'appliques à deux lumières en bronze. Époque Louis XV.

179 — Cheval de bronze portant un petit cartel horloge, avec ornements autour du cadran. L'ensemble repose sur une terrasse en bronze. Époque Louis XV.

180 — Statuette en bronze : Laurent de Médicis.

181 — Cartouche en marbre blanc, composé de deux écussons armoriés et accouplés.

182 — Glace ovale dans un cadre carré, ornements de cuivre repoussé. Style Louis XIII.

183 — Petit support en bois, écaille et incrustations de cuivre.

184 — Plat en cuivre et à godrons.

185 — Deux appliques en fer forgé.

186 — Grand fronton en fer forgé avec rinceaux. Époque Louis XIII.

187 — Encrier, composé de trois pièces en cuivre argenté.

188 — Dague du XVe siècle, avec sa gaîne. Poignée en forme de croix en fer damasquiné or et argent.

DENTELLES, GUIPURES

ÉTOFFES, TAPISSERIES

189 — Lot de nappes d'autel, en guipure. (Sera divisé.)

190 — Sous ce numéro. Les dentelles d'Alençon, d'Angleterre, de Chantilly, etc. (Sera divisé.)

191 — Lot d'étoffes de soie brochée. (Sera divisé.)

192 — Lot de velours anciens. (Sera divisé.)

193 — Lot de costumes de diverses époques. (Sera divisé.)

194 — Cachemire des Indes, fond noir.

195 — Cachemire des Indes, fond vert.

196 — Deux lambrequins en ancienne tapisserie, décor à fruits et feuillages.

197 — Petit lambrequin en tapisserie.

198 — Lambrequin en serge, avec applications de galons.

199 — Quatre rideaux de soie brochée fond bleu, garnis de passementerie. Garniture de cheminée, couverture de lit, devant d'alcôve. Époque Louis XVI.

200 — Tapisserie au point à décoration orientale.

201 — Grand tapis Persan, fond rouge et gros-bleu. — Largeur, 2 m. 60 cent.; long., 4 m. 80 cent.

202 — Lot de tapis d'Orient. (Sera divisé.)

CUIRS ANCIENS

203 — Lot de cuirs, fond or, avec fleurs et fruits peints.

204 — Lot de cuirs, ornements de la Renaissance dorés et en relief sur fond bleu.

205 — Lot de cuirs à fond gris, dessins en relief, style chinois.

206 — Lot de cuirs à fond bleu, reliefs dorés et fleurs peintes.

BOIS SCULPTÉS

207 — Encadrement de porte, formé par un entablement en bois de chêne sculpté, supporté par deux colonnes torses en bois avec enroulement de feuillages dorés, reposant sur deux socles en bois noir. Époque Louis XIII.

208 — Panneau en bois de chêne sculpté, à décor d'instruments de musique. Époque de Louis XV.

209 — Grande statue en bois de chêne, représentant sainte Anne et la Vierge enfant.

210 — Petit cadre en bois doré très finement sculpté, de forme ovale. Époque de Louis XVI.

211 — Deux groupes d'enfants enlacés, bois sculpté et doré. Époque Louis XIV.

212 — Deux consoles-appliques, bois sculpté et doré. Époque Louis XIV.

213 — Deux petites urnes formant flambeaux, montées sur un socle en bois sculpté. Époque Louis XVI.

214 — Grande glace, dans un très beau cadre en bois très finement sculpté et doré. XVIIe siècle.

215 — Grand trumeau en bois sculpté et doré; à la base, une glace de forme cintrée; au-dessus, un ovale servant d'encadrement à un portrait d'homme; enfants sculptés en haut-relief supportant des guirlandes de fruits. XVIIe siècle.

216 — Cadre en bois sculpté, de forme ronde.

217 — Petite niche en bois de noyer, formé d'un portique supporté par des colonnes cannelées. Époque Louis XIII.

218 — Deux frontons en bois sculpté; au centre, un mé-

daillon en haut-relief, représentant un saint entouré de rinceaux ajourés; au bas, un cartouche avec un monogramme. Époque Louis XIV.

219 — Deux bustes en bois sculpté : homme et femme.

220 — Deux panneaux bois sculpté.

221 — Panneau gothique.

222 — Quatre colonnettes cannelées et deux frontons provenant d'un lit Louis XVI.

223 — Grande glace en bois sculpté et doré, à fronton. Époque Louis XVI.

224 — Glace en bois doré et sculpté. Époque Louis XVI.

225 — Grande glace de forme cintrée, appliquée dans une boiserie sculptée, peinte en gris. Époque de Louis XVI.

226 — Grand cadre en bois sculpté, de forme ronde, appliqué sur une partie carrée, décoré d'une guirlande circulaire faite de feuillages de chêne et de laurier; ce cadre contient une esquisse par *Plassan*.

227 — Fronton en bois sculpté, rinceaux et fruits.

228 — Deux colonnes torses en noyer, reposant sur socles en bois sculpté.

229 — Deux consoles, bois sculpté.

230 — Deux frises en bois sculpté, à décor de bouquets et feuillages dorés.

231 — Grande frise en bois sculpté à jour. Enfants, fruits et feuillages. xviie siècle.

232 — Deux panneaux de meuble en bois sculpté.

233 — Deux niches en bois de chêne sculpté, surmontées d'un fronton circulaire supporté par des colonnes cannelées, un vase au sommet, et console à la base.

234 — Deux frises en noyer sculpté, enfants et ornements en relief. xviie siècle.

235 — Deux volets de fenêtres, au centre rosace sculptée et ajourée. xviie siècle.

236 — Deux petits cadres en bois sculpté.

237 — Cadres en bois sculpté doré. xviie siècle.

MEUBLES

238 — Grande horloge en bois de noyer avec marqueterie et ornements de cuivre doré; sous le cadran, une peinture représentant Veturie suppliant Coriolan. Travail hollandais. xviiie siècle.

239 — Grand bureau de milieu en bois noir, garni de bronzes dorés. Époque Louis XIV.

240 — Grande et belle armoire en chêne sculpté, à corniche magnifiquement contournée, pilastres arrondis sur les angles et reposant sur de larges pieds. Époque Louis XIII.

241 — Bureau en marqueterie de bois, garni de bronzes dorés. Époque Louis XV.

242 — Table en noyer, pieds tournés reliés par un croisillon.

243 — Grande stalle de chœur en bois de noyer, à dossier évidé dans la masse, cintré en forme de coquille et surmonté d'un beau motif de sculpture. Époque Louis XIV.

244 — Meuble formant buffet, fait d'un devant de lit breton.

245 — Petite étagère formant vaissellier.

246 — Vitrine en bois de rose et palissandre, garnie de bronzes. Style Louis XV.

247 — Vitrine en noyer sculpté, à fond de glaces. Style Louis XV.

248 — Piano en acajou de la maison Erard.

249 — Lit en bois sculpté, à colonnes détachées à panneaux pleins. Époque Louis XVI.

250 — Lit en bois sculpté, à colonnes détachées à panneaux pleins. Époque Louis XVI.

251 — Tabouret en bois sculpté, recouvert en velours. Époque Louis XVI.

252 — Petit meuble à étagère et à tiroirs, en marqueterie de bois.

253 — Petit guéridon en palissandre.

254 — Deux fauteuils en acajou, garnis de velours, à dossiers arrondis terminés par des têtes de béliers.

255 — Petite commode, dessus de marbre en marqueterie de bois, garnie de bronzes, à trois rangs de tiroirs. Époque Louis XV.

256 — Canapé en bois sculpté, avec accotoirs cintrés. Époque Louis XVI.

257 — Commode en noyer, garnie de bronze, trois rangs de tiroirs. Époque Louis XIII.

258 — Étagère en bois sculpté.

259 — Secrétaire en acajou.

260 — Armoire à glace en acajou.

261 — Console en acajou, à dessus de marbre et à tiroirs.

262 — Petit buffet-étagère en acajou.

263 — Casier à musique.

264 — Deux fauteuils en acajou garnis de velours.

265 — Fauteuil, acajou.

266 — Fauteuil de bureau en noyer garni de canne. Époque Louis XV.

267 — Chaise, à haut dossier formé de balustres. Époque Louis XIII.

268 — Deux chaises en chêne sculpté.

269 — Deux chaises en bois sculpté, peintes en gris, garnies de velours. Époque Louis XV.

270 — Chaise. Même époque.

271 — Chaise en noyer sculpté à haut dossier; siège garni en velours vert, pieds contournés et reliés par un croisillon. Style hollandais.

272 — Petit guéridon, à pied tourné.

273 — Sous ce numéro, divans et coussins, meubles divers. (Sera divisé.)

274 — Suspension de salle à manger en cuivre poli.

275 — Sous ce numéro : chevalets et ustensiles d'atelier. (Sera divisé.)

www.ingramcontent.com/pod-product-compliance
Ingram Content Group UK Ltd.
Pitfield, Milton Keynes, MK11 3LW, UK
UKHW021316190726
13839UKWH00007B/1898